仓央嘉措情歌

仓央嘉措 著
汉语润色 伊沙

青海人民出版社

图书在版编目(CIP)数据

仓央嘉措情歌：藏汉对照／仓央嘉措著．-- 西宁：
青海人民出版社，2011.7（2021.6 重印）
ISBN 978-7-225-03881-0

Ⅰ．①仓… Ⅱ．①仓… Ⅲ．①藏族—情歌—作品集—
中国—清代—藏、汉 Ⅳ．①I276.291.4

中国版本图书馆 CIP 数据核字(2011)第 083577 号

仓央嘉措情歌(藏汉对照)

仓央嘉措 著

出 版 人 樊原成
出版发行 青海人民出版社有限责任公司
西宁市五四西路 71 号 邮政编码:810023 电话:(0971)6143426(总编室)
发行热线 (0971)6143516/6137730
网 址 http://www.qhrmcbs.com
印 刷 西宁东宝印务有限责任公司
经 销 新华书店
开 本 850mm×1168mm 1/32
印 张 4.875
字 数 80 千
版 次 2011 年 7 月第 1 版 2021 年 6 月第 5 次印刷
书 号 ISBN 978-7-225-03881-0
定 价 30.00 元

1

莫怪活佛仓央嘉措，
风流浪荡；
他想要的，
和凡俗人并无两样。

——西藏民歌

ཤར་ཕྱོགས་རི་བོའི་རྩེ་ནས།།
དཀར་གསལ་ཟླ་བ་ཤར་བྱུང་།།
མ་སྐྱེས་ཨ་མའི་ཞལ་རས།།
ཡིད་ལ་འཁོར་འཁོར་བྱས་བྱུང་།།

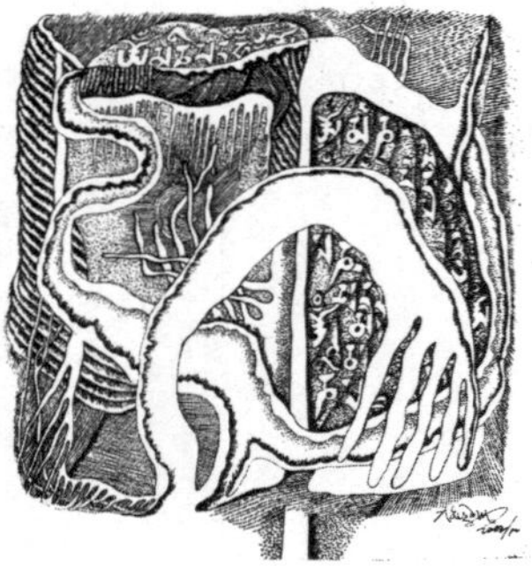

仓央嘉措情歌

在那东山顶上，

升起皎洁月亮。

母亲般的情人脸庞，

浮现在我心上。

ན་ཉིང་བཏབ་པའི་ལྗང་གཞོན།།
ད་ལོ་སོག་མའི་ཟོན་སྨུག།
ཟོ་གཞོན་རྒས་པའི་ལུས་པོ།།
ལྷ་གཞུ་ལས་ཀྱང་ཁྱོང་བ།།

去年种的青苗，
今年已成柴草；
少年老去的身躯，
比南弓[①]还要弯曲。

①南弓：指西藏南部制造的弓。

རང་སེམས་སྐོང་བའི་མི་དེ།།
གཏན་གྱི་འདུན་མར་བྱུང་ན།།
རྒྱ་མཚོའི་གཏིང་ནས་ནོར་བུ།།
ཡོན་པ་དེ་དང་འདྲ་བྱུང་།།

销魂的人儿，
若能够厮守到老，
仿佛从大海深处，
打捞起的奇珍异宝。

འགྲོ་ཞོར་ལམ་བུའི་སྙིང་ཁྲབ།།
ལུས་དྲི་ཞིམ་པའི་བུ་མོ།།
གཡུ་ཚུང་དྲུག་དཀར་རྙེད་ནས།།
བསྐྱུར་བ་དེ་དང་འདྲ་བྱུང་།།

那不期而遇的情人，
是芳香四溢的姑娘，
像拾到晶莹剔透的绿宝石，
又将它弃置路旁。

མི་ཆེན་དཔོན་པོའི་བུ་མོ།།
ཁམས་འབྲས་མཚར་ལུགས་བལྟས་ན།།
ཁམ་སྐྱོང་མཐོན་པོའི་རྩེ་ནས།།
འབྲས་བུ་སྨིན་པ་འདྲ་བྱུང་།།

达官显贵的千金，
那股子艳俗的骚劲儿，
好似高高的桃树尖上，
熟透的果实一样。

སེམས་པ་ཕར་ལ་སྐོར་ནས།།
མཚན་མོའི་གཉིད་ཐེབས་བཅག་སོང་།།
ཉིན་མོ་ལག་ཏུ་མ་ལོན།།
ཡིད་ཐང་ཆད་རོགས་ཡིན་པས།།

心儿随她去了，
夜里无法入眠，
白天未能如愿，
叫我心灰意懒。

མེ་ཏོག་ནམ་ཟླ་ཡལ་སོང་།།
གཡུ་སྤྲང་སེམས་པ་མ་སྐྱོ།།
བྱམས་པའི་ལས་འཕྲོ་ཟད་པར།།
ང་ནི་སྐྱོ་རྒྱུ་མི་འདུག།

花期已经错过，
玉蜂莫要惆怅；
和情人缘尽了，
我也并不悲伤！

རྩེ་ཐོག་བ་མོའི་ཁ་ལ།།
སྐྱི་བསེར་རླུང་གི་ཟོ་ཉ།།
མེ་ཏོག་སྦྲང་བུ་གཉིས་ཀྱི།།
འབྲེལ་མཚམས་གཅོད་མཁན་ལོས་ཡིན།།

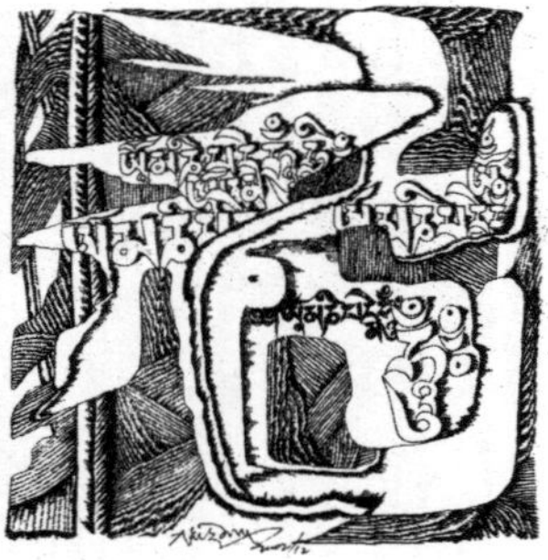

芨芨草[1]上的白霜，
寒风的使者[2]，
就是它俩呀，
将花儿和蜂儿活活拆散。

①芨芨草：多年生草本植物，可作饲料，也可用来编织篓、席等物。
②寒风的使者：指深秋的风。

ངང་པ་འདམ་ལ་ཆགས་ནས།།
རེ་ཞིག་སྐྱོད་དགོས་བསམས་ཀྱང་།།
མཚོ་མོར་དར་འཁྲིགས་ནས།།
རང་སེམས་ཕོ་ཐག་ཆོད་སོང་།།

天鹅爱上芦苇，
真想亲昵一会儿，
湖面已被冰封，
叫我气丧心灰！

གྲུ་ཤན་སེམས་པ་མེད་ཀྱང་།།
རྟ་མགོས་ཕྱི་མིག་བལྟས་བྱུང་།།
ཁྲིལ་གཞུང་མེད་པའི་བྱམས་པས།།
ང་ལ་ཕྱི་མིག་མི་ལྟ།།

渡船无心，
马头[1]回眸，
负心的人呵，
一去不回头！

①马头：西藏木船头上一般都有脸朝后的木雕马头像。

ང་དང་ཚོང་འདུས་བུ་མོའི།།
ཚིག་གསུམ་དམ་བཅའི་མདུད་པ།།
ཁྲ་བོའི་སྐྱུལ་ལ་མ་བརྒྱབ།།
རང་རང་ས་ལ་གྲོལ་སོང་།།

我和集上的姐姐，
发了三句誓约。
但却像那花蛇结，
兀自在地上开裂。

ཆུང་འདྲིས་བྱམས་པའི་སྣང་བསྐྱེད།།
ལྷང་མའི་སོགས་ལ་བཙུགས་ཡོད།།
ལྷང་སྲུང་ཨ་ཛོ་ཇོ་ཞལ།།
ཛོ་ཀ་རྒྱུག་པ་མ་གནང་།།

两小无猜的心上人啊，
她的幡儿插在柳树旁。
看护柳树的阿哥，
请别拿石头打它！

བྲིས་པའི་ཡི་གེ་ནག་ཆུང་།།
ཆུ་དང་ཐིགས་པས་འཇིག་སོང་།།
མ་བྲིས་སེམས་ཀྱི་རི་མོ།།
བསུབས་ཀྱང་བསུབ་རྒྱུ་མི་འདུག།

用手写出的黑黑小字，
已被雨水冲消；
刻在心头的图画，
想擦也不会擦掉！

བརྒྱབ་པའི་ནག་ཆུང་ཐེའུས།།
གསུང་སྐད་འབྱོན་ནི་མི་ཤེས།།
ཁྲིལ་དང་གཞུང་གི་ཐེའུ།།
སོ་སོའི་སེམས་ལ་སྐྱོན་དང་།།

盖上的黑色小印，
默默无语。
请把信义的小章，
盖在彼此的心上！

སྟོབས་ལྡན་རྟ་མོའི་མེ་ཏོག།
མཆོད་པའི་རྫས་ལ་ཕེབས་ན།།
གཡུ་སྦྲང་གཞོན་ནུ་ང་ཡང་།།
ལྷ་ཁང་ནང་ལ་ཁྲིད་དང་།།

仓央嘉措情歌

生机勃发的哈罗[1]花，
做了供品的话，
把我这年少的玉蜂，
也带到佛堂去吧！

①哈罗：音译，即锦葵花。

སེམས་སོང་བུ་མོ་མི་བཞུགས།།

དམ་པའི་ཆོས་ལ་ཕེབས་ན།།

ཕོ་གཞོན་ང་ཡང་མི་སྡོད།།

རི་ཁྲོད་འགྲིམ་ལ་ཐལ་འགྲོ།།

心爱的姑娘，
若要去学法修行，
少年我也走，
到那山中的禅洞。

མཚན་ལྡན་བླ་མའི་དྲུང་དུ།།
སེམས་ཁྲིད་ཞུ་བར་ཕྱིན་པས།།
སེམས་པ་བསྒོར་ཀྱང་མི་ཐུབ།།
བྱམས་པའི་ཕྱོགས་ལ་ཤོར་སོང་།།

我去有道的喇嘛面前，
求他将明路指点，
但却无法回心转意，
又失足到情人那里。

སྒོམ་པའི་བླ་མའི་ཞལ་རས།།
ཡིད་ལ་འཆར་རྒྱུ་མི་འདུག།
མ་བསྒོམས་བྱམས་པའི་ཞལ་རས།།
ཡིད་ལ་ཤར་ལེར་ཤར་ལེར།།

默想[①]的喇嘛尊容，
怎么也不显现；
未想的情人的脸，
却在心头灿烂。

①默想：佛教术语为观想，即心中想象着自己所要修的神的形象。

སེམས་པ་འདི་ལ་འགྲོ་འགྲོ།།
དམ་པའི་ཆོས་ལ་ཕྱིན་ན།།
ཚེ་གཅིག་ལུས་གཅིག་ཉིད་ལ།།
སངས་རྒྱས་ཐོབ་པར་འདུག་གོ།

想她想得放不下，
如果这样去修法，
在今生今世，
就会成佛啦！

དག་པ་ཞལ་གྱི་གངས་ཆུ།།
ཀླུ་བདུད་རྡོ་རྗེའི་ཁྲིལ་བ།།
བདུད་རྩི་སྨན་གྱི་ཕབ་རྒྱུན།།
ཚང་མ་ཡེ་ཤེས་མཁའ་འགྲོ།།
དམ་ཚིག་གཙང་མས་བཏུང་ན།།
ངན་སོང་སྦྱོང་དགོས་མི་འདུག །

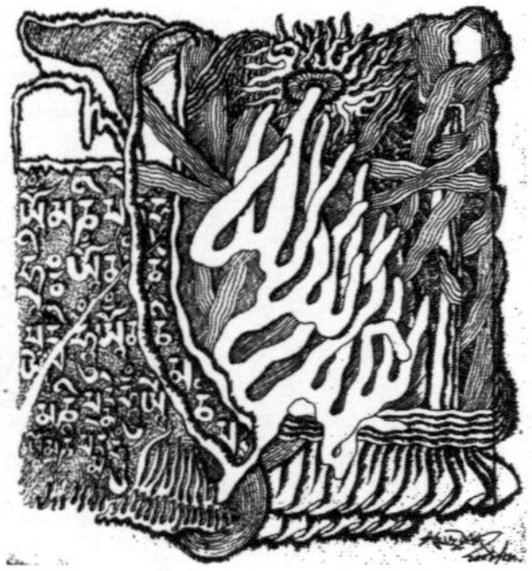

仓央嘉措情歌

明净的水晶山的雪水，
铃荡子①草药上面的露珠，
甘露药作曲子所酿成的美酒，
智慧空行②仙女当炉，
就着圣洁的誓约喝下，
就不堕恶途③。

①铃荡子：药用植物川藏沙参的别名。

②智慧空行：仙女名。

③恶途：佛经用语，指地狱、饿鬼、畜生。

རླུང་རྟ་ཡར་འགྲོའི་དུས་ལ།།
རླུང་བསྐྱེད་དར་ལྕོག་བཙུགས་པས།།
མཛངས་མ་མ་བཟང་བུ་མོས།།
ང་ལ་མགྲོན་པོར་བོས་བྱུང་།།

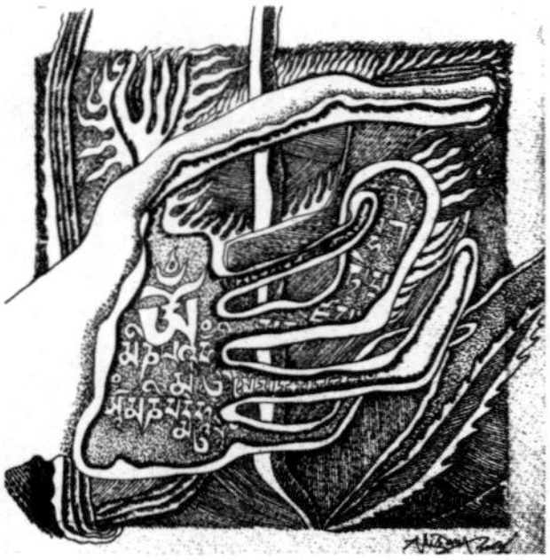

仓央嘉措情歌

时来运转的时刻，
竖起祈福的风幡，
就有美丽的淑女，
请我去她家赴宴。

སོ་དཀར་པགས་པའི་འཛུམ་མདངས།།
བཞུགས་གྲལ་སྐྱི་ལ་བལྟས་བྱུང་།།
མིག་ཟུར་ཕྲ་མོའི་སྒྲིལ་མཚམས།།
གཞོན་པའི་གདོང་ལ་བལྟས་བྱུང་།།

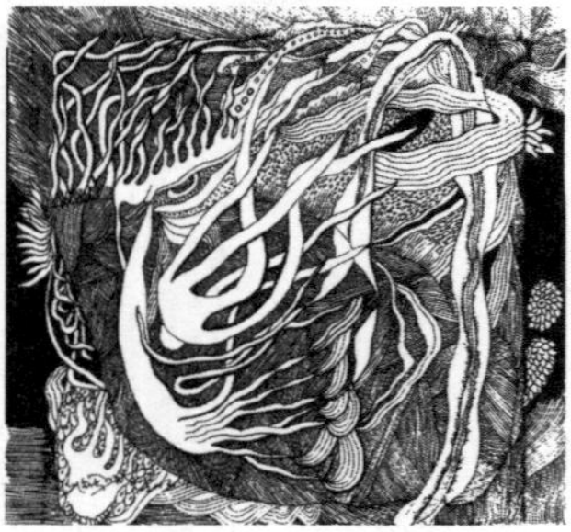

皓齿美人含笑，
朝向四座顾盼，
眼珠娇滴滴一转，
目光落处是少年的脸。

ཧ་ཅང་སེམས་ལ་སོང་ནས།།
གྲོགས་འདྲིས་ཨེ་ཡོང་དྲིས་པས།།
འཆི་བྲལ་བྱེད་ན་མིན་པ།།
གསོན་བྲལ་མི་བྱེད་གསུངས་བྱུང་།།

问问心爱的人儿：
可愿做终身伴侣？
除非死别，
永不生离！

མཛོས་མའི་ཕྱུགས་དང་བསྟུན་ན།།
ཚེ་འདིའི་ཆོས་སྐལ་ཆད་འགྲོ།།
དབེན་པའི་རི་ཁྲོད་འགྲིམས་ན།།
བུ་མོའི་ཕྱུགས་དང་འགལ་འགྲོ།།

如果遂了美人心愿，
今生就与佛法绝缘；
若到深山幽谷中修行，
又辜负了姑娘的芳心。

ཀོང་ཕྲུག་གཞོན་པའི་བློ་སྣ།།
སྤྲང་བུ་དྲ་ལ་བཙུག་འདྲ།།
ཞག་གསུམ་ཉལ་རོགས་བྱས་པས།།
ཐུགས་ཡུལ་ལྷ་ཆོས་དྲན་བྱུང་།།

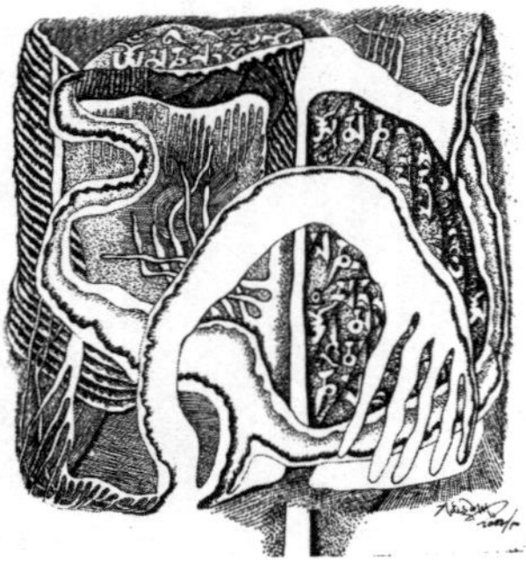

工布[1]少年的心情，
好像蜂儿粘在蛛网，
和情人云雨三日，
又想起佛法与终极。

①工布：西藏东部林区，吐蕃九小邦之一，盛产鸣禽。

གཏན་གྲོགས་ཁྱོད་ལ་བསམས་པས།།
ཁྲེལ་དང་ངོ་ཚ་མེད་ན།།
མགོ་ལ་བརྒྱབ་པའི་གཙུག་གཡུས།།
སྐད་ཆ་སྨྲ་ནི་མི་ཤེས།།

你这命定的爱人，
若真是无信的，
发髻上的碧玉，
它也不会言语！

འཛུམ་དང་སོ་དཀར་བསྟན་ཆོག།
གཞོན་པའི་བློ་བྲིད་ཡིན་འགྲོ།།
སྙིང་ནས་ཤ་ཚ་ཡོད་མེད།།
དབུ་མནའ་བཞེས་རོགས་གནང་དང་།།

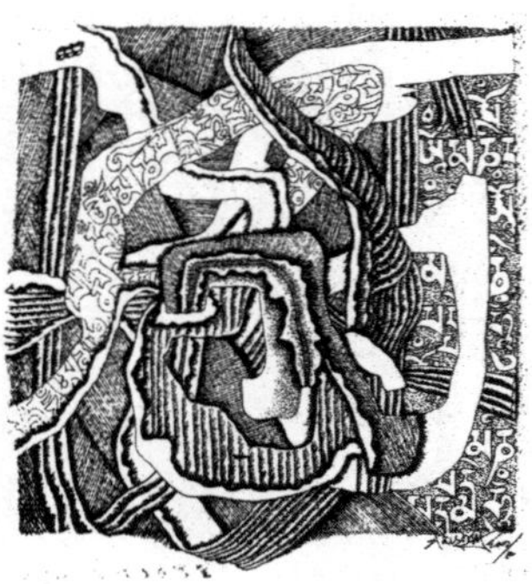

启齿嫣然一笑，
将我的魂儿勾跑。
是否真心相爱，
发下一个誓来！

སྙིང་ཐུབ་བྱ་རྡོ་ལམ་ཕྲད།།
ཨ་མ་ཚང་མས་སྐྱུར་བྱུང་།།
ལན་ཚགས་བུ་ཡོན་བྱུང་ན།།
འཚོ་སྐྱོང་ཁྱོད་ཀྱིས་གནང་ཞུ།།

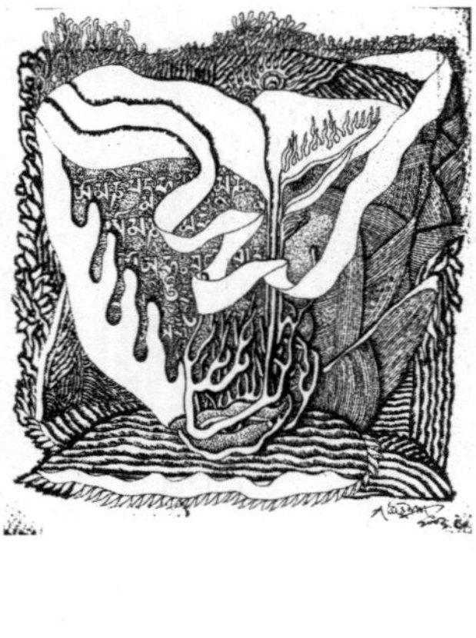

仓央嘉措情歌

鸟石路遇[1]的姑娘，
酒家阿妈撮合。
如果欠下孽债，
请你关照养活！

①藏语成语“鸟石路遇”，近似汉语成语“萍水相逢”。

སྙིང་གཏམ་ཕ་མར་མ་བཤད།།
ཆུང་འདྲིས་བྱམས་པར་བཤད་པས།།
བྱམས་པ་ཞ་ཡོ་མང་ནས།།
གསང་གཏམ་དགྲ་བོས་གོ་སོང་།།

知心话没告诉爹娘，
全诉与两小无猜的情侣。
情侣的追求者多哩，
私房话被情敌听去。

སྙིང་ཐུབ་ཡིད་འཕྲོག་ལྷ་མོ།།
ཇོན་པ་ང་ཡིས་ཟིན་ཀྱང་།།
དབང་ཆེན་མི་ཡི་དཔོན་པོ།།
ཉོར་བཟང་རྒྱལ་པོས་ཕྲོགས་སོང་།།

心爱的仙女意抄拉姆①，
是我这猎人捕获，
却被不可一世的暴君，
诺桑王掳去！

①意抄拉姆：仙女名，意为“夺人心魄的仙女”。意抄拉姆、猎人和诺桑王是藏戏故事《诺桑王传》里的人物。

ནོར་བུ་རང་ལ་ཡོད་དུས།།
ནོར་བུའི་ནོར་ཉམས་མ་ཚོད།།
ནོར་བུ་མི་ལ་ཤོར་དུས།།
སྙིང་རླུང་སྟོད་ལ་འཚང་བྱུང་།།

宝贝在手，
并不珍惜；
一旦失去，
满腔是气。

རང་ལ་དགའ་བའི་བྱམས་པ།།
གཞན་གྱིས་འདུན་མར་བླངས་སོང་།།
ཁོག་ནག་སེམས་པའི་གཙོང་གིས།།
ལུས་ཕོའི་ཤ་ཡང་བསྐམས་སོང་།།

与我相恋的情人，
已被人家娶走；
心儿被相思折磨，
人比黄花瘦。

སྙིང་ཁྲབ་ཀུ་ལ་ཤོར་སོང་།།
མོ་ཕྱུ་རྩིས་འབུལ་རན་སོང་།།
བུ་མོ་དུང་སེམས་ཅན་མ།།
རྨི་ལམ་ལ་ཡང་འཁོར་སོང་།།

情侣被人偷走，
我须打卦问签。
心底纯洁的姑娘，
常在梦中相见。

བུ་མོ་འཆི་བ་མེད་ན།།
ཆང་ལ་འཛད་པ་མི་འདུག།
གཞོན་པའི་གཏན་གྱི་སྐྱབས་གནས།།
འདི་ལ་བཙོལ་བས་ཡོས་ཆོག།

只要姑娘不死，
酒就不会喝完。
少年终身的寄托，
也只能够在酒里。

བུ་མོ་ཨ་མར་མ་སྐྱེས།།
ཁམ་བུའི་ཞིང་ལ་སྐྱེས་སམ།།
ཨ་གསར་ཟད་པ་ཁམ་བུའི།།
མེ་ཏོག་ལས་ཀྱང་མགྱོགས་པ།།

姑娘不是娘生的，
怕是桃树上长的，
否则她的爱情，
怎比桃花还谢得快呢？

བུ་མོ་ཆུང་འདྲིས་བྱམས་པ།།
སྤྱང་ཀིའི་རིགས་རྒྱུད་མིན་ནམ།།
ཤ་འདྲེས་པགས་འདྲེས་བྱུང་ཡང་།།
རི་ལ་ཕྱོར་གྲབས་མཛད་ཀྱི།།

两小无猜的情侣，
莫非是狼的后裔？
与我相恋同居，
还想逃回山里。

རྟ་རྒོད་རི་ལ་ཐོར་ཀྱང་།།
རྟེ་དང་ཞགས་པས་ཐེན་ཆོག།
བྱམས་པས་ངོ་ལོག་བརྒྱབ་པས།།
མཐུ་ངོ་ཐེན་པ་མི་འདུག།

野马跑到山上，
可用套索捉住；
情人一旦变心，
神力也拿她不住！

ཁྲག་དང་རླུང་པོ་བསྡེབས་ནས།།
རྒོད་པོའི་སྒྲོ་ལ་གཟན་བྱུང་།།
གཡོ་ཅན་རྫུ་བག་ཅན་གྱིས།།
ང་ལ་གཟན་པོ་བྱས་བྱུང་།།

岩石伙同风暴，
刮乱了鹰的羽毛；
三心二意的姑娘，
叫我心烦意恼。

སྤྲིན་པ་ཁ་སེར་གཏིང་ནག།
སད་དང་སེར་བའི་གཞི་མ།།
བན་རྫེ་སྐྲུ་མིན་སེར་མིན།།
སངས་རྒྱས་བསྟན་པའི་དགྲ་བོ།།

黄边黑心之云，
是霜雹的成因；
非僧非俗的沙弥，
是圣教佛法之敌。

ས་དེ་ཁ་ཞུ་གཏིང་འཁྱུག།
རྟ་ཕོ་གཏོང་སམ་རེད།།
གསར་འགྲོགས་བྱམས་པའི་ཕྱོགས་སུ།།
སྙིང་གཏམ་བཤད་སམ་རེད།།

上消下冻的土地，
不是跑马的地方；
初次相遇的情人，
无法诉诸衷肠。

ཆོས་ཆེན་བཅོ་ལྔའི་ཟླ་བ།།
ཡིན་ལ་འདྲ་བར་འདུག་སྟེ།།
ཟླ་བའི་དཀྱིལ་གྱི་རི་བོང་།།
ཚེ་ཟད་ཚར་ནས་འདུག་གོ།

她皎洁的面容，
仿佛十五的月亮；
月宫里的玉兔，
已经命不久长。

ཟླ་བ་འདི་ཉི་ཤར་འགྲོ།།
རྙིང་མའི་ཟླ་བ་ཚུར་ཡོང་།།
བཀྲ་ཤིས་ཟླ་བ་དཀར་པོ།།
ཟླ་སྟོད་ཕྱོགས་ལ་མཇལ་ཡོང་།།

这个月去了，
下个月来了。
在吉祥白月[1]的上旬，
将有我们的相见。

①白月：吉祥的月份。

དབུས་ཀྱི་རི་རྒྱལ་ལྷུན་པོ།།
མ་འགྱུར་བརྟན་པར་བཞུགས་དང་།།
ཉི་མ་ཟླ་བའི་འཁོར་ཕྱོགས།།
ནོར་ཡོང་བསམ་པ་མི་འདུག།

仓央嘉措情歌

大地中央的须弥山王[1]呵，
请你坚定地挺立！
日月的运转，
就不会迷失。

①须弥山：佛经上说，世界最高的山是须弥山。

ཆོས་གསུམ་ཟླ་བ་དཀར་པོ།།
དཀར་དགོས་ནང་ནས་ཆོད་སོང་།།
བཅོ་ལྔའི་ནམ་དང་མཉམ་པའི།།
ཞལ་བཞེས་གཅིག་ཀྱང་གནང་ཞུ།།

初三的月儿弯，
银光洒满天；
请对我发个誓言，
要像十五的月亮那样圆！

ས་བཅུའི་དབྱིངས་སུ་བཞུགས་པའི།།
དམ་ཅན་རྡོ་རྗེ་ཆོས་སྐྱོང་།།
མཐུ་དང་ནུས་པ་ཡོད་ན།།
བསྟན་པའི་དགྲ་བོ་སྒྲོད་དང་།།

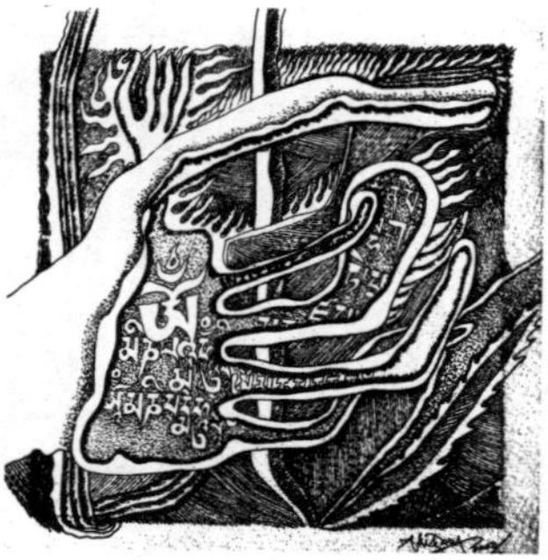

具誓护法[1]金刚，
坐于十地[2]法界，
若有神通大力，
驱走佛教之敌！

①具誓护法：是密宗护法神之一。

②十地：指佛教圣人的十个得道等级而言。

ཁུ་བྱུག་སྔོན་ནས་ཡོང་བས།།
ནམ་ཟླའི་ས་བཅུད་ཐེབས་སོང་།།
ང་དང་བྱམས་པ་སྤྲད་ནས།།
ལུས་སེམས་སྐྱིད་པོ་བྱུང་སོང་།།

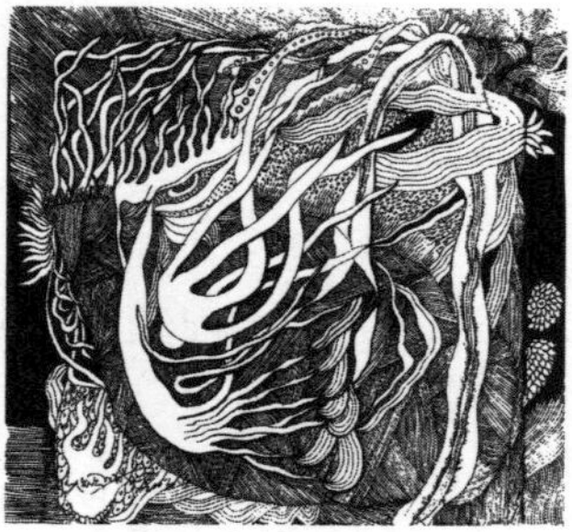

仓央嘉措情歌

杜鹃来自门隅①，
带来春的气息；
我和情人见面，
身心感到快意。

①门隅：西藏地名，诗人的故乡。

མི་རྟག་འཆི་བ་སྙིང་ནས་མ་དྲན་ན།།
སྤྱང་གྲུང་འཛོམས་ཀྱང་།།
དོན་ལ་ལྐུགས་པ་འདྲ་བྱུང་།།

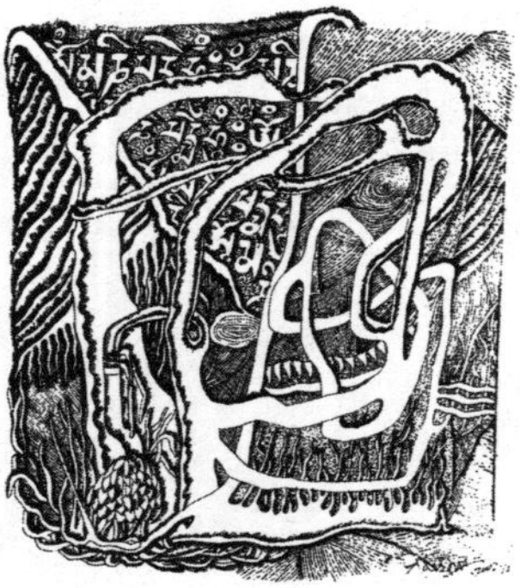

对于无常和死亡，
若不常常观想[1]，
纵然聪明盖世，
也和傻子一样。

①观想：宗教上的一种修行方法。

ཁྲི་དེ་སྟག་ཁྲི་གཟིག་ཁྲི།།
ལྷག་ག་སྟེར་ནས་འདྲིས་སོང་།།
ནང་གི་སྟག་མོ་རིས་འཛོམས།།
འདྲིས་ནས་ཕྲུ་ཏུ་ལངས་སོང་།།

无论虎豹狗豹，
喂熟了就不咬；
家中斑斓母老虎，
熟透了更加残暴。

ཞ་འཇམ་ལུས་པོ་འདྲིས་ཀྱང་།།
བྱམས་པའི་གདེང་ཚོད་མི་ཤོན།།
ས་ལ་རི་མོ་བྲིས་པས།།
ནམ་མཁའི་སྐར་ཚོད་ཐིག་བྱུང་།།

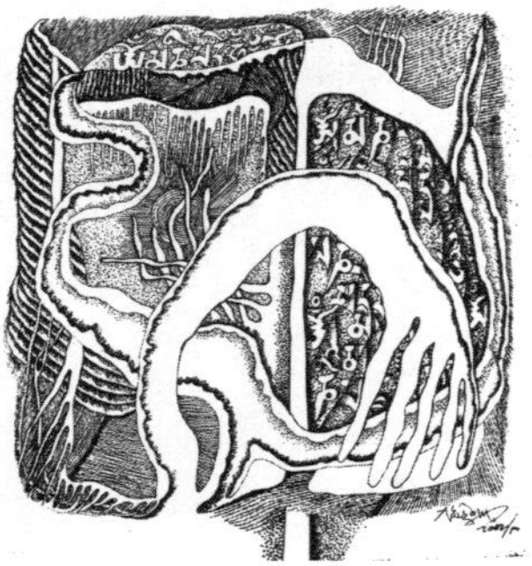

虽然肌肤相亲，
不知情人真心；
不如手指画地，
能算出天上星星。

ང་དང་བྱམས་པའི་སྐྱེབ་ས།།
སྔོ་རོང་མོན་པའི་ནགས་གསེབ།།
སྤྲ་མཁན་ནེ་ཚོ་མ་གཏོགས།།
སུ་དང་གང་གིས་མི་ཤེས།།
སྤྲ་མཁན་ནེ་ཚོ་ཨོ་ཤེས།།
གསང་ཁ་མདོ་ལ་མ་གནང་།།

我和情人的幽会地点，
在南门巴的密林深处。
除了巧嘴鹦鹉，
谁也不知道。
能说会道的鹦鹉，
这个秘密你可不要泄露！

ལྷ་ས་མི་ཚོགས་མཐུག་ལ།།
འཕྱོངས་རྒྱུས་མི་སྤྱུས་དག་པ།།
ང་ལ་ཡོང་བའི་ཆུང་འདྲིས།།
འཕྱོངས་རྒྱུས་གཞུང་ལ་ཡོད་དོ།།

仓央嘉措情歌

拉萨的人群之中，
琼结[1]的人最纯洁，
来会我的姑娘，
家就住在琼结。

①琼结：西藏地名。山南重镇，吐蕃故都。谚云：雅龙林木广，琼结人漂亮。

ཁྲི་ཀན་རྒྱ་བོ་ཟེར་བ།།
རྣམ་རིག་མི་ལས་སྐྱུང་བ།།
སྲིད་ལ་ལངས་སོང་མ་ཟེར།།
ཐོ་རངས་ཡོག་བྱུང་མ་ཟེར།།

看门的大胡子老狗，
你的心比人要乖；
别说我夜里出去了，
别说我早上才回来。

སྒྲོད་ལ་བྱམས་པ་བཙལ་བས།།
ཐོ་རངས་ཁ་བ་བབས་བྱུང་།།
གསང་དང་མ་གསང་མི་འདུག།
ཞབས་རྗེས་གངས་ལ་བཞག་སོང་།།

入夜去会情人，
破晓大雪纷扬。
保不保密都一样，
脚印留在积雪上。

པོ་ཏ་ལ་རུ་བཞུགས་དུས།།
རིག་འཛིན་ཚངས་དབྱངས་རྒྱ་མཚོ།།
ལྷ་ས་ཞོལ་དུ་སྡོད་དུས།།
འཆལ་པོ་དང་བཟང་དབང་པོ།།

住在布达拉宫，
我叫持明①仓央嘉措；
住在山下拉萨的民居中，
我是浪子宕增旺波。

①持明：对密法有造诣的僧人。

ཤ་འཛམ་ཉལ་སའི་ནང་གི།།
སྙིང་ཐུབ་དུང་སེམས་ཅན་མ།།
ཨ་མོའི་རྒྱུ་ནོར་འཕྲོག་པའི།།
གཡོ་སྒྱུ་བཤད་པ་མིན་འགྲོ།།

温香软玉的姑娘，
被锦被所拥抱，
莫非虚情假意，
骗我少年财宝？

དབུ་ཞྭ་དབུ་ལ་བཞེས་སོང་།།
དབུ་ལྷུང་རྒྱབ་ལ་གཡུགས་སོང་།།
ག་ལེར་ཕེབས་ཤིག་ཞུས་པས།།
ག་ལེར་བཞུགས་ཤིག་གསུངས་བྱུང་།།
ཐུགས་སེམས་སྐྱོ་བྱུང་ཞུས་པས།།
མགྱོགས་པོར་འཕྲད་ཡོང་གསུངས་བྱུང་།།

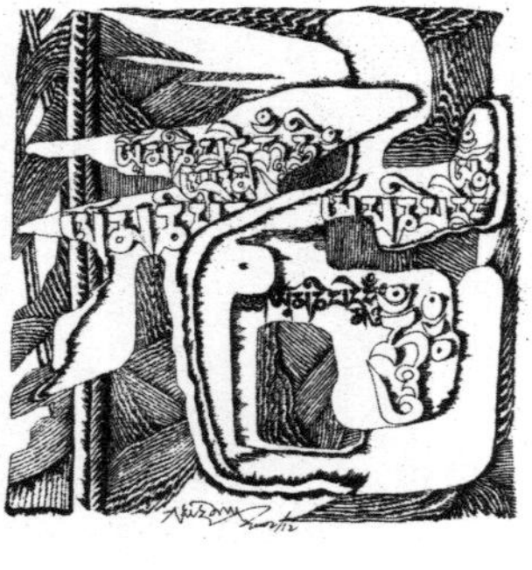

仓央嘉措情歌

帽子戴在头上，
辫子甩在背后。
“请慢走”，
“请留步”；
“心中难过”，
“重逢在即”。

བྱ་དེ་ཁྲུང་ཁྲུང་དཀར་པོ།།
གཤོག་རྩལ་ང་ལ་གཡོར་དང་།།
ཐག་རིང་རྒྱང་ལ་མི་འགྲོ།།
ལི་ཐང་བསྐོར་ནས་སླེབས་ཡོང་།།

114

洁白的仙鹤啊，
请把双翅借我，
不会远走高飞，
只到理塘[①]就回。

①理塘：是四川省甘孜藏族自治州的地名。这一首被认为是诗人的预言，后来七世达赖生于理塘，作为后世的应验。

ཞི་དེ་དམྱལ་བའི་ཡུལ་གྱི།།
ཆོས་རྒྱལ་ལས་ཀྱི་མེ་ལོང་།།
འདི་ན་ཁྲིག་ཁྲིག་མི་འདུག།
དེ་ནས་ཁྲིག་ཁྲིག་གནང་ཞུ།། ཛོ་ཡཧུ།

在那阴曹地府，
阎王有面业[1]镜，
人间是非不清，
镜中善恶分明。

①业：佛教用语，指人世行为，有善业与恶业之分。

མདའ་མོ་འཕེན་ལ་ཕོག་སོང་།།
མདེའུ་ས་ལ་འཛུལ་སོང་།།
ཚུང་འདྲིས་བྱམས་པ་སྤྲད་བྱུང་།།
སེམས་ཉིད་རྗེས་ལ་འབྲངས་སོང་།།

一箭射中目的，
箭头钻进土里。
与两小无猜的情人相遇，
心儿随她飞去。

རྒྱ་གར་ཤར་གྱི་རྨ་བྱ།།
ཀོང་ཡུལ་མཐིལ་གྱི་ནེ་ཙོ།།
འཁྲུངས་ས་འཁྲུངས་ཡུལ་མི་གཅིག།
འཛོམས་ས་ཆོས་འཁོར་ལྷ་ས།།

东印度的孔雀，
工布谷底的鹦鹉，
生于不同的乡土，
同在圣城拉萨会晤。

མི་ཚོས་ང་ལ་ལབ་པ།།
དགོངས་སུ་དག་པ་ཁག་ཅིག།
ཨ་ལོའི་གོམ་གསུམ་བྲ་མོ།།
གནས་མོའི་ནང་ལ་ཐལ་སོང་།།

人家说我闲话，
自认说得不差，
少年轻快的步伐，
踏进过女店主的家。

ལྷང་མ་ཁྲེའུར་སེམས་སྐོར།།
ཁྲེའུ་ལྷང་མར་སེམས་སྐོར།།
སེམས་སྐོར་མཐུན་པ་བྱུང་ན།།
སྐྱུ་ཁྲ་ཙོར་བས་མི་ཐུབ།།

仓央嘉措情歌

柳树爱上小鸟，
小鸟爱上柳树；
只要同此一心，
鹞鹰无隙可乘！

ད་ལྟའི་ཚེ་ཐུང་འདི་ལ།།
དེ་ག་ཙམ་ཞིག་ཞུས་ནས།།
རྙིང་མ་བྲིས་པའི་ལོ་ལ།།
མཇལ་འཛོམ་ཨེ་ཡོང་བལྟའོ།།

短短的今生，
就这样过了。
且看来世少年时，
还能否相逢如斯！

བྱ་དེ་སྨྲ་མཁན་ནི་ཙོ།།
ཁ་རོག་བཞུགས་རོགས་མཛོད་དང་།།
ལྷང་སྒྲིང་ཨ་ལྕེ་འཛོལ་མོ།།
གསུང་སྙན་འགྱུར་དགོས་བྱས་བྱུང་།།

仓央嘉措情歌

巧嘴鹦哥，
请你住了口舌！
柳林中的画眉姐姐，
要唱一曲动人的歌。

རྒྱབ་ཀྱི་སྨུ་བདུད་བཙན་པོ།།
འཛིགས་དང་མ་འཛིགས་མི་འདུག།
མདུན་གྱི་ཀ་ར་ཀུ་ཤུ།
འཕྲོག་ཏུ་དགོས་པ་བྱས་སོང་།།

背后凶厉的龙鹰，
管它凶还是不凶。
为摘眼面的苹果，
敢豁出这条性命。

དང་པོ་མ་མཐོང་ཆོག་ག།
སེམས་པ་སྐོར་དོན་མི་འདུག།
གཉིས་པ་མ་འདྲིས་ཆོག་ག།
སེམས་གཅོང་ཞུགས་དོན་མི་འདུག།

第一最好不相见，
如此便可不相恋；
第二最好不相知，
如此便可不相思。

རིག་འཛིན་ཚངས་དབྱངས་རྒྱ་མཚོ།།
སྙིང་སྡུག་འཚོལ་གྱིས་མ་གསུང་།།
རང་ལ་དགོས་པ་ནང་བཞིན།།
མི་ལ་དགོས་ཀྱི་ཡོད་འགྲོ།།

仓央嘉措情歌

不要说持明仓央嘉措，
找情人去啦！
正如自己需要一样，
他人也同样需要。

ལྷ་ཤིང་ཤུག་པའི་རྩེ་ལ།།
ཁུ་བྱུག་གཞོན་ནུ་བབས་འདུག།
གསུང་སྐད་མང་པོ་མི་དགོས།།
སྙན་པོ་ཚིག་གཅིག་གསུངས་དང་།།

神树香柏的枝头，
年轻的杜鹃落下，
什么都不必多讲，
请说一句动听的话。

བསམ་ཡས་བྱ་ཁོ་དཀར་པོ།།
བྱ་སྐད་སྤུ་པོ་མ་རྒྱག།
ང་དང་ཚུང་འདྲིས་བྱམས་པས།།
སྙིང་གཏམ་ཤོད་འཁྲོ་ལུས་ཡོད།།

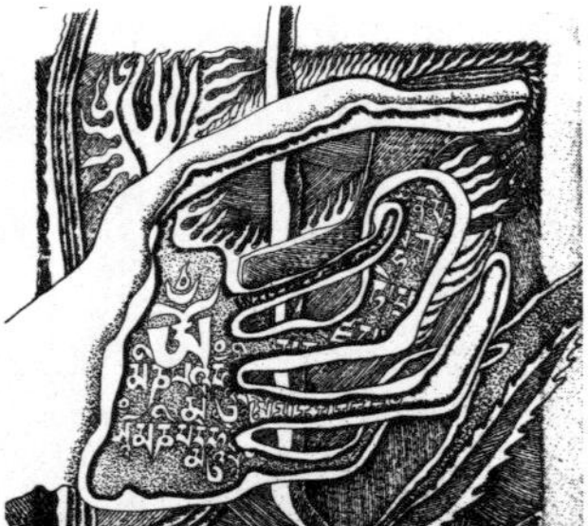

仓央嘉措情歌

白色的桑耶雄鸡，
请不要过早啼叫！
我和两小无猜的情人，
知心话还没完没了。

ཆང་འདི་དང་པོས་མ་བཟི།།
ཆང་འདི་གཉིས་པས་མ་བཟི།།
ཆུང་འདྲིས་བྱམས་པས་ཞུས་པས།།
ཞལ་དཀར་གང་གིས་བཟི་སོང་།།

一杯酒没醉，
两杯酒没醉，
两小无猜的情人劝酒，
只一杯就酩酊大醉。

མི་ཚོགས་མང་པོའི་དཀྱིལ་དུ།།
ང་གཉིས་ཡིན་མདོག་མ་གནང་།།
ཁྱེད་ཀྱི་ཐུགས་ལ་ཡོད་ན།།
སྤྱན་གྱིས་གཟིགས་སྐྱོགས་གནང་དང་།།

在人群中间，
不要说出咱俩的秘密。
你内心如有深情，
就请用眉目传递！

ཁྱོད་ནི་གསེར་ཟངས་སྐུ་རེད།།
ང་ནི་འདག་པའི་ལྷ་རེད།།
ལྷ་ཁང་གཅིག་གི་ནང་དུ།།
ང་གཉིས་མཉམ་དུ་མི་ཡོང་།།

你是金铜佛身，
我是泥塑神像，
虽在一个庙堂，
我俩仍不一样。

སེམས་གཙོང་བྱམས་པས་བརྟུག་པའི།།
ལུས་པོའི་མདོག་ལ་གཟིགས་དང་།།
ཤ་སྐམ་པགས་སྐམ་བྱས་པར།།
ཨེམ་རྗེ་བརྒྱ་ཡིས་མི་ཕན།།

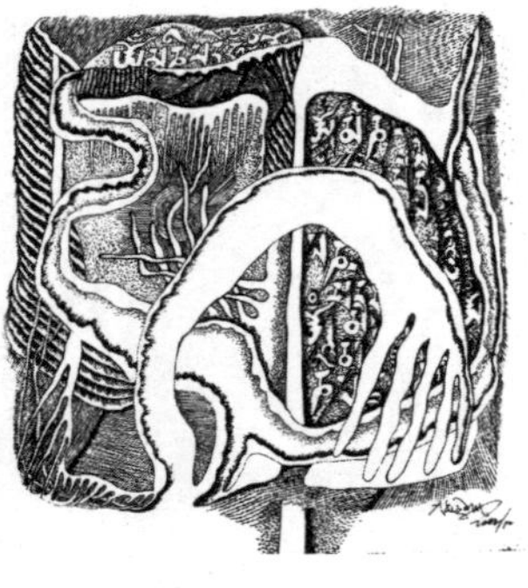

请看我消瘦的面孔，
那是情人害我生病。
如此嶙峋瘦骨，
纵有百医也是无用！

ཤ་ཚ་ཆེ་བའི་དུས་ལ།།
སྙིང་གཏམ་ཚང་མ་མ་ཤོད།།
ཁ་གཅིག་སྐྱོམ་པའི་དུས་ལ།།
རྫིང་ཆུ་ཚང་མ་མ་འཐུང་།།
ལས་ལ་འགྱུར་བ་ཡོང་དུས།།
འགྲོད་པ་བྱས་ཀྱང་འཕྱིས་ཡོང་།།

热恋之时，
情话不要说完！
口渴之际，
池水不要喝干！
一旦情况有变，
到时后悔已晚。

仓央嘉措大事年表

●崇德七年(1642 年),五世达赖洛桑嘉措成为全藏政教领袖,时年 25 岁;

●顺治九年(1652 年),五世达赖率 3000 余人入京晋见顺治皇帝;

●1679 年,第斯桑结加措出世;

●康熙二十一年(1682 年),五世达赖圆寂;

●康熙二十二年(1683 年),仓央嘉措降生于西藏南部门隅的"域松"或"沃域松"地方;

●1696 年,康熙征噶尔丹,得知五世达赖早已圆寂的消息,怒责第斯;

●1697 年,仓央嘉措入布达拉宫坐床;

●1701 年，拉藏汗等蒙古部落首领不承认六世达赖；

●1702 年，仓央嘉措赴扎什伦布寺向五世班禅要求还沙弥戒返俗，之前已表示拒受比丘戒；

●1703 年，康熙派钦差去拉萨查验六世法体；

●1705 年，第斯桑结嘉措被拉藏汗所杀；

●1706 年，仓央嘉措 24 岁，5 月 17 日他被押赴京，经青海湖（或更嘎诺尔）时被杀或下落不明。

以下事据阿旺伦珠达吉所著《仓央嘉措秘传》：

●1707 年，益西嘉措被立为六世达赖；

●1708 年，仓央嘉措 26 岁。7 月，理塘灵童格桑嘉措出世。仓央嘉措游康定，在峨眉山游十数日，康区瘟疫发作，染上天花；

●1709 年，经理塘、巴塘秘密回拉萨，返山南地区；

●1711年，在达孜被囚，后逃脱；

●1712年，仓央嘉措30岁，游尼泊尔加德满都，瞻仰自在天男根。10月，随国王去印度朝圣；

●1713年，游印度，4月，登灵鹫山，遇白象；

●1714年，仓央嘉措32岁，在山南朗县的塔布寺，人称塔布大师。年初，格桑嘉措被转移到康北的德格，随后，据康熙帝之令送至西宁附近的塔尔寺。

●1715年，仓央嘉措再次秘密返拉萨。格桑嘉措在理塘寺出家；

●1716年，仓央嘉措34岁，春，率拉萨木鹿寺16僧人至阿拉善旗；

●1717年，仓央嘉措35岁，拉藏汗被准噶尔军队所杀，伪六世达赖被囚药王山寺内，7年后死。春，六世达赖喇嘛同12名从侍人员前往定远营（现巴彦浩特）晋见阿拉善王阿宝老爷和道格甚公主，获准修建昭化寺。中秋，仓央嘉措随道格甚公主入京半年，驻锡什刹海阿拉善王府，游黄寺，皇宫，在雍和宫观益西嘉措所献的檀香木大佛。在德胜门见第斯子女被押送到京；

●1718 年春，回阿拉善；

●1719 年，清朝平定准噶尔，正式承认格桑嘉措为六世达赖；

●1720 年 9 月 15 日，理塘灵童格桑嘉措坐床为达赖，拉萨十余万人膜拜；

●1721 年，龙王潭公园立康熙帝《平定西藏碑》；

●1723 年，青海丹增亲王叛乱，康熙帝派川陕总督年羹尧平叛，塔布寺遭焚；

●雍正五年（1727 年）仓央嘉措 45 岁，重建塔布寺(即石门寺)；

●1730 年，仓央嘉措在兰州为岳钟祺征准噶尔大军祝祷，作法 7 日；

●1733 年夏季，破土动工修昭化寺；

●1735 年,仓央嘉措自筹 10000 两纹银,派阿旺伦珠达吉去藏区随班禅学经;

●乾隆元年(1736 年), 自阿拉善迁至青海湖某地,居 9 年;

●1737 年,五世班禅洛桑益西圆寂;

●1738 年秋, 阿旺伦珠达吉精通经文所有论理,返回阿拉善;

●1739 年, 昭化寺举行了规模宏大的祝愿法会,迎请仓央嘉措就坐于八狮法座,主持法事 5 昼夜;

●1743 年,仓央嘉措 61 岁,塔布寺建成,历时 16 年;

●1745 年, 自青海湖地区返回阿拉善,10 月底,染病;

●1746 年 5 月 8 日, 在阿拉善旗承庆寺坐化,享年 64 岁;

●1747 年, 六世肉身被移到昭化寺高尔拉木湖水边立塔供奉;

●1751 年, 清朝下令由格桑嘉措掌管西藏

地方政权。政教合一政权开始;

●1756年,广宗寺(南寺)开始修建,并将昭化寺全盘搬至现广宗寺寺址;

●1757年,弟子阿旺伦珠达吉写成《秘传》,七世达赖圆寂。贺兰山中广宗寺建成,寺里供六世达赖肉身塔;

●1760年,清廷为南寺赐名“广宗寺”;

●1779年,六世班禅自西藏去热河贺乾隆70大寿,11月圆寂于北京。